PARTIE III : LES DÉFIS DU JOURNALISME

PARTIE IV : ATELIER MÉDIAS

MOTS-CLÉS...

PETITE HISTOIRE DES MÉDIAS

L'information a toujours su profiter des nouvelles inventions (écriture, imprimerie, radio, image filmée, Internet) pour se réinventer. Les journaux n'ont pas été éliminés par la radio qui n'a, elle-même, pas été éliminée par la TV... Et les médias sur Internet reprennent et modernisent ce qui a été fait auparavant.

I. L'INFORMATION AU SERVICE DES PUISSANTS

- Pendant longtemps (et c'est toujours un vrai problème), les moyens d'information ont servi au pouvoir en place à diffuser les messages qu'il voulait faire passer et sont restés cantonnés à **l'usage des riches et des puissants**.

- Pour le reste de la population, l'information se diffusait (et se transformait) par le bouche à oreille.

LE PREMIER JOURNAL FRANÇAIS

En 1631, le premier journal (au sens moderne du terme, c'est-à-dire une source d'informations sérieuse et régulière) français sort en 1631 avec *La Gazette* de Théophraste Renaudot.

COMPRENDRE LES MÉDIAS

Mon guide pour décrypter l'information

Avec la collaboration de
Vladimir LELOUVIER

rue des écoles

PARTIE I : COMMENT FONCTIONNENT LES MÉDIAS ?

PARTIE II : S'INFORMER DE FAÇON FIABLE ET SÛRE

II. UNE INFORMATION QUI SE DÉMOCRATISE

- La capacité à **reproduire un message à de nombreux exemplaires** va permettre à un nombre croissant de personnes d'avoir accès à une information riche, de plus en plus rapidement. L'invention de l'imprimerie joue donc un rôle majeur. Les journaux apparaissent au XVIIe siècle, puis, avec les idées des Lumières et de la Révolution française, ils se multiplient entre la deuxième moitié du XVIIIe siècle et la fin du XIXe siècle.

- Ensuite, tout s'accélère : **le télégraphe, puis la radio et le téléphone** vont permettre la transmission quasi instantanée d'informations ; les premières informations au cinéma apparaissent en France en 1895, à la radio en 1921, à la télévision en 1949…

III. LA CIVILISATION DE L'INFORMATION

- Avec l'arrivée d'Internet au début des années 1990, le monde est entré dans la civilisation de l'information. L'enjeu actuel n'est plus d'avoir accès à l'information, mais de **disposer d'une information fiable**. Et ce alors que, via les réseaux sociaux, n'importe qui dans le monde peut diffuser au monde entier en quelques secondes n'importe quelle information.

-3 300
Premières traces d'écriture

Vers 1450
Invention de l'imprimerie en Europe

1605
Premier périodique avec les *Relations de Carolus*, suivi en 1631 par le premier périodique français : *La Gazette*

1751
Premier exemplaire de l'*Encyclopédie*

JOURNAL DE PARIS.

1777
Premier quotidien français : *Le Journal de Paris*

1895
Premières informations filmées (diffusées au cinéma)

1923
Premières informations à la radio en France par Radiola

1949
Premier journal télévisé en France

1990-1991
Premiers journaux d'information sur Internet

1993
Premier moteur de recherche sur Internet

2000
Création de Wikipedia

2001
Premier podcast dans le monde, réalisé par Adam Curry et le Français Tristan Louis

À QUI APPARTIENNENT LES MOYENS DE S'INFORMER ET DE COMMUNIQUER ?

Quand on utilise une messagerie pour communiquer avec ses proches, quand on regarde des vidéos en streaming, quand on joue en ligne ou quand on s'informe (en format papier, digital ou à la télévision), il y a une très forte probabilité de le faire à partir d'un service qui appartient à un grand groupe.

I. DES GÉANTS MONDIAUX

- Au niveau mondial, des entreprises tentaculaires, comme les **GAFAM** (pour Google, Apple, Facebook, Amazon et Microsoft), souvent géants de l'audiovisuel et de la high tech (Disney, ATT Warner, Tencent, Bertelsmann, Vivendi, etc.) **contrôlent la plupart des moyens de s'informer, de communiquer ou de se distraire :** réseaux sociaux, messageries, journaux, chaînes de TV, jeux vidéo.

- Leurs **moyens faramineux** font d'eux des entités plus puissantes que certains États, capables d'influencer les décisions des plus grands pays. C'est pourquoi il importe de réguler davantage le pouvoir de ces titans des médias et d'Internet.

II. UNE SURPUISSANCE QUI PEUT POSER DES PROBLÈMES

- Cette **concentration extrême** des moyens de s'informer, de communiquer ou de se distraire pose des problèmes.
- Premièrement, les entreprises qui les contrôlent peuvent influer (volontairement ou pas) sur nos façons de penser, de voter ou de réagir face aux grands événements.
- Deuxièmement, ces géants, disposant, via leurs services, de nos données personnelles, peuvent avoir accès à tous les détails, même les plus intimes, de notre vie quotidienne et les utiliser.

À qui appartiennent les principaux moyens de s'informer, de communiquer ou de se distraire ? (liste non exhaustive)...

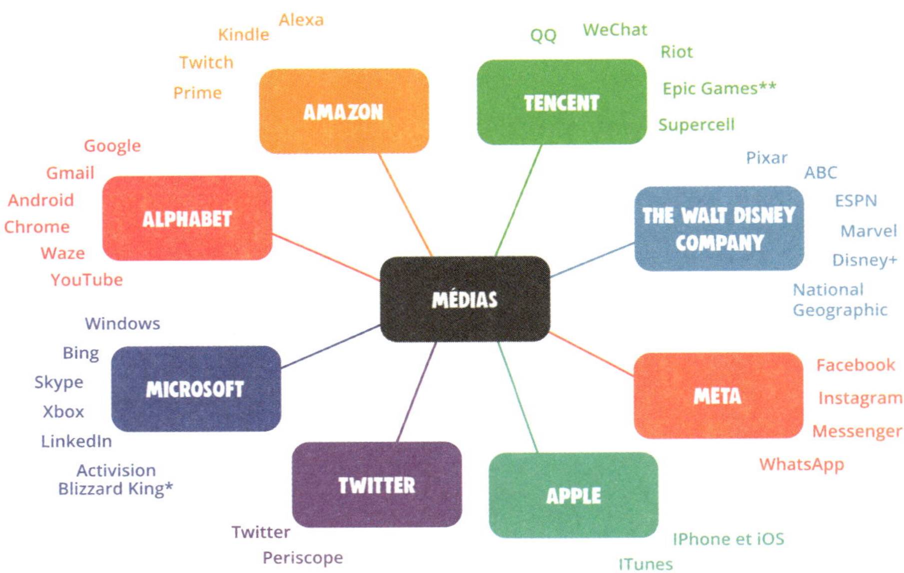

* Acquisition en cours. ** Actionnaire principal, mais pas majoritaire.

CHIFFRES CLÉS

GOOGLE : 89 milliards de visites par mois (source : SimilarWeb, 2022) et 99 000 recherches par seconde dans le monde (source : Internet Live Stats, 2022). 91 % des recherches en France se font via Google.

FACEBOOK : 2,91 milliards d'utilisateurs mensuels actifs dans le monde (source : Statista - janvier 2022).

YOUTUBE : 2,56 milliards d'utilisateurs mensuels actifs dans le monde (source : Statista - janvier 2022).

WHATSAPP : 2 milliards d'utilisateurs mensuels actifs dans le monde (source : Statista - janvier 2022).

WIKIPÉDIA : Près de 500 millions de visiteurs mensuels (source : Wikipédia - juin 2022).

LE MONDE : Diffusion quotidienne papier : 446 000 (source : ACPM - 2021) – Nombre mensuel de pages vues (site + application) : 640 millions (source : ACPM - mai 2022).

L'ÉQUIPE : Diffusion quotidienne papier : 214 000 (source : ACPM - 2021) – Nombre mensuel de pages vues (site + application) : 1,5 milliard (source : ACPM - mai 2022).

GROUPES DE MÉDIAS

Presse, télévision, radio, streaming, sites internet, applications sur smartphone, réseaux sociaux… Les sources d'information sont de plus en plus nombreuses. Et quand, en plus, on couple cette offre avec celle de contenus (films, séries, jeux vidéo…) ou de moyens de communiquer (messagerie, livestream…), la capacité à retenir très longtemps les gens, et par conséquent potentiellement les influencer, explose.

I. LA MULTIPLICATION DES MÉDIAS POUR ATTIRER LES CONSOMMATEURS

- Le but pour les groupes qui détiennent médias et contenus est donc d'en posséder le plus possible pour que les « consommateurs » passent de l'un à l'autre dans un même univers et soient **rentables** (en particulier via des abonnements ou du temps passé devant des publicités) et/ou sensibilisés à certaines valeurs.

- Des « groupes de médias » de plus en plus titanesques développent en conséquence leur offre dans toutes les directions. Ainsi, *L'Express* vise les 200 000 abonnés, papier et numérique, en 2023.

II. LES TYPOLOGIES DES GROUPES DE MÉDIAS

- Plusieurs grandes typologies de groupes de médias se dégagent.

- Premièrement, ceux basés sur une offre « traditionnelle », comme Altice, qui possède des chaînes de télévision (BFM TV, RMC Sport…), des radios (RMC…) et des journaux (*L'Express…*), tout en étant codétenu par le propriétaire de SFR.

- Deuxièmement, ceux liés à Internet, dont les plus puissants en Occident sont les GAFAM. Un groupe comme Amazon, outre le célèbre site d'e-commerce, fournit des services internet, tout en possédant aussi bien Twitch que Prime Video, et son propriétaire est aussi celui du *Washington Post*.

- Troisièmement, ceux qui sont, à la base, plutôt des fournisseurs de contenus, comme Warner Bros. Discovery. Bien connu pour ses films, ses séries ou ses jeux vidéo, ce groupe possède aussi des médias comme CNN, Eurosport ou Discovery Channel, tout en étant codétenu par AT&T (numéro 1 des télécommunications aux États-Unis).

PRESSE FRANCE ET RÉGIONALE

Si les grands moyens de communication sont détenus par les géants mondiaux, les moyens d'information au niveau français sont quant à eux essentiellement dans les mains de grands groupes de l'Hexagone.

I. LES CONGLOMÉRATS AU POUVOIR

- Il s'agit souvent de groupes qui n'ont pas forcément à la base de liens avec le monde de l'information ou des loisirs, mais qui ont compris le potentiel économique et surtout d'influence (en mettant en avant tel ou tel sujet ou point de vue) que cela leur apporte.

- Cela a toujours été le cas et cela s'accentue puisque quelques énormes conglomérats détiennent les fournisseurs d'accès à Internet, la quasi-totalité des grandes chaînes de télévision, la majorité des principales radios, de nombreux journaux de référence (ainsi que les sites d'informations liés), ou encore des éditeurs de livres.

II. LES GRANDS GROUPES AU SOMMET DES MÉDIAS FRANÇAIS

- Certains groupes disposent depuis très longtemps de grands groupes de médias nationaux. C'est le cas de l'État français (qui possède tout ou partie d'Orange, de France Télévisions ou de Radio France) ou de Bouygues (Bouygues Télécom, Groupe TF1...).

- Bernard Arnault (LVMH) détient *Les Échos*, Radio Classique ou *Le Parisien*. Patrick Drahi a quant à lui dans son escarcelle SFR, BFM TV, RMC, *Libération* ou *L'Express*. Xavier Niel combine notamment Free et le Groupe Le Monde (dont *Le Monde*, *Télérama* ou *L'Obs*).

- Le groupe Bolloré, via Vivendi et Lagardère, est devenu un géant des médias avec désormais dans son giron Canal+, C8, Hachette, *Géo*, Europe 1, *Paris Match* ou *Le Journal du Dimanche*.

- À côté d'eux gravitent évidemment des groupes indépendants comme Amaury (*L'Équipe*) ou So Press (*So Foot, Society*...).

III. L'INFLUENCE DE LA PRESSE RÉGIONALE

- À côté de ces mastodontes nationaux existe une presse régionale dont la puissance de frappe locale très importante peut **faire ou défaire les réputations** dans leur zone.

- En effet, la plupart du temps, les groupes de presse régionale détiennent tous (ou la grande majorité) les médias d'une région. C'est le cas de groupes indépendants comme Ouest-France (*Ouest-France, Presse Océan*...) sur l'Ouest de la France, Ebra (*Le Progrès, L'Est Républicain*...) à l'Est, La Dépêche du Midi (*La Dépêche du Midi, Midi Libre*...) au Sud-Ouest, ou du groupement *Nice-Matin/Var-Matin/La Provence* (qui appartient à Xavier Niel) dans le Sud-Est.

- La presse régionale dépasse en plus largement la presse nationale (1,2 million d'exemplaires pour les 8 principaux titres de la presse quotidienne nationale) en termes de diffusion papier, avec près de 4 millions d'exemplaires vendus quotidiennement, auxquels on peut ajouter plus de **7,5 millions d'exemplaires** pour les hebdomadaires régionaux.

À qui appartiennent les principaux moyens de s'informer, de communiquer ou de se distraire ? (liste non exhaustive)...

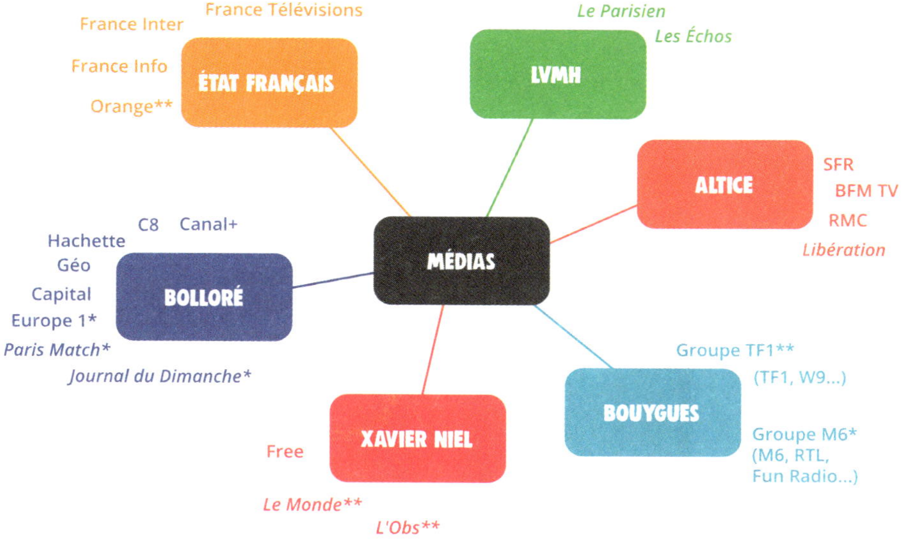

* Acquisition en cours. ** Actionnaire principal, mais pas majoritaire.

COMMENT FONCTIONNENT LES MOTEURS DE RECHERCHE ET LES RÉSEAUX SOCIAUX ?

Sur un moteur de recherche, des milliers de réponses apparaissent en quelques millièmes de seconde. Les réseaux sociaux font naviguer de sujets qui nous plaisent en thèmes qui nous passionnent. Comment ces miracles de technologie sont-ils possibles ?

I. INTERNET AUSCULTÉ SOUS TOUTES SES COUTURES

- Un moteur de recherche passe son temps à scruter le Web avec des logiciels dédiés (des « spiders »). Ceux du seul Google auscultent chaque jour plus de **20 milliards de sites**. Les informations recueillies sont ensuite stockées dans de gigantesques bases de données (fin 2020, Google indexait 130 000 milliards de pages), triées puis classées suivant la « qualité d'un site » définie par une « note » principalement basée sur sa « popularité » (nombre de visiteurs).

- Le concept est à peu près le même sur les **réseaux sociaux**. De plus, ces derniers mettent en avant pour chaque utilisateur des éléments qui, basés sur ses recherches précédentes, pourraient le séduire (comme une vidéo d'un rappeur pour une amatrice de ce style de musique ou... des théories complotistes pour celui qui s'y intéresse).

GOOGLE, QU'EST-CE QUE ÇA VEUT DIRE ?

Ce nom étrange viendrait en fait... d'une faute d'orthographe. Le nom a pour origine « Googol », qui signifie en langage mathématique 10 puissance 100 (1 suivi de 100 zéros).

II. UN SYSTÈME ULTRA-EFFICACE MAIS AVEC UN EFFET PERVERS

- Ces prouesses informatiques peuvent avoir des effets pervers. Plus une page est visitée (ou plus le partenaire a payé), plus les moteurs de recherche la mettent en avant et donc... plus elle est visitée.

- De même, sur les réseaux sociaux, **plus un contenu ou une opinion est susceptible de nous plaire, plus nous le ou la voyons**. On peut donc ne voir en priorité que ce qui nous séduit (et donc pas la vérité) ou... ce qu'un « annonceur » a payé pour qu'on voie.

PETITE HISTOIRE DES MOTEURS DE RECHERCHE

1993 : Wanderer, 1er « vrai » moteur de recherche. Il popularise la technologie des « spiders ».

1994 : Yahoo affine le travail des « spiders » par des interventions humaines pour le recensement et surtout la sélection.

1998 : Google révolutionne le secteur, notamment en classant les résultats de recherche en fonction de leur popularité auprès des utilisateurs.

LES PUBLICITÉS CACHÉES DANS LES CONTENUS

Pour les marques, vanter leurs produits via de la publicité classique ne suffit plus. Pour rendre leurs messages publicitaires plus intéressants, elles les « cachent » de plus en plus dans des contenus (vidéo, clip, article, etc.) susceptibles d'intéresser le potentiel consommateur.

I. UN MODÈLE ÉCONOMIQUE RENTABLE POUR LES CRÉATEURS DE CONTENUS

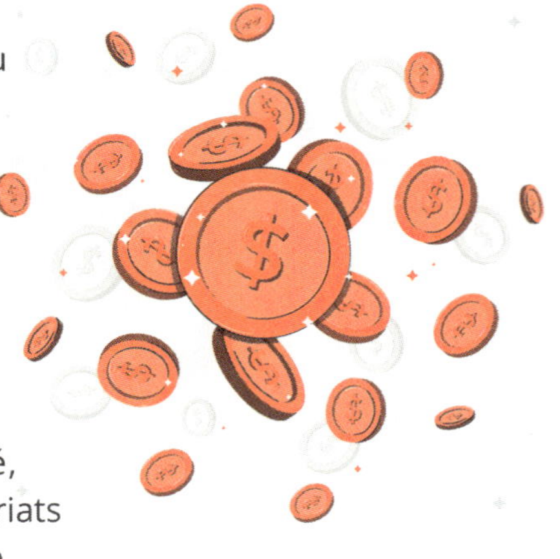

- Les streameurs (sur YouTube ou Twitch) **gagnent la grande majorité de leurs revenus grâce à la publicité**. Même pour les médias traditionnels ou les artistes, la publicité est souvent une source très importante de revenus.
- Donc, pour gagner de l'argent et proposer des contenus de qualité, s'assurer des revenus via des partenariats avec des marques est très classique.

JAMES BOND ET LES PRODUITS

Dans un film de James Bond, la voiture dans laquelle il roule, le smartphone avec lequel il téléphone, la montre qu'il consulte ou le champagne qu'il boit sont des placements de produits. Dans le dernier James Bond, la somme des placements de produits atteindrait près de 90 millions d'euros.

II. SE POSER LES BONNES QUESTIONS

Afin de bien comprendre ce que l'on regarde ou lit, il est donc important de se poser les bonnes questions et d'acquérir les bons réflexes pour détecter une éventuelle publicité cachée. On peut par exemple se poser les questions suivantes.

- Pourquoi le créateur propose-t-il du contenu à ce moment précis ?

Ex. : un média sur le cinéma qui fait une série d'articles sur l'univers des super-héros en même temps qu'un film de super-héros dont il est le partenaire.

- Est-ce cohérent avec ce qu'il fait d'habitude ?

Ex. : un streameur jeu vidéo qui prépare un marathon après un partenariat avec une marque de sport.

- Est-ce que la thématique de l'article ou de la vidéo correspond exactement à celle du sponsor ?

Ex. : un tutoriel sur le maquillage des yeux avec un sponsor qui lance exactement ce type de produit.

LES TECHNIQUES EMPLOYÉES
POUR FAIRE DE LA PUBLICITÉ DE MANIÈRE (PLUS OU MOINS) DISCRÈTE

1. L'une des techniques les plus simples pour faire une publicité dissimulée est ce que l'on appelle le « placement de produit ». Le principe est simple : mettre un produit (ou un service) dans l'environnement de la star et le valoriser le mieux possible. Les réseaux sociaux et les vidéos sur Internet pullulent de ces placements de produits plus ou moins subtils.

Trouve des marques qui font des placements de produits dans les vidéos de youtubers.

....

2. Cela concerne aussi la musique, les films ou les séries. Les rappeurs remplissent ainsi leurs clips de placement de produits. Ainsi, Gims s'est associé à une marque d'enceintes et de casques audio pour le clip de « Tout Donner ».

Trouve d'autres placements de produits dans les clips de musique.

....

3. Une marque peut aussi concevoir des événements de qualité largement diffusés, en particulier via des vidéos très virales. Red Bull s'en est par exemple fait une spécialité et crée aussi bien des compétitions de plongeon acrobatique que de BMX et même un saut en chute libre depuis la stratosphère.

Sauras-tu trouver deux autres marques qui créent (ou coorganisent) des compétitions ?

....

....

4. Une entreprise peut gérer un vrai média ou un vrai site Internet, avec un contenu riche et régulier (et donc qui peut intéresser sur la durée une communauté), mais qui est exactement dans la cible de l'entreprise. Cela lui permet potentiellement de promouvoir ses produits ou ses messages publicitaires.

Le plus grand éditeur français de jeux de société a racheté le site d'information de référence sur le secteur.

Trouve sur Internet de quelles marques il s'agit.

....

....

3. Intel (les Intel Extreme Master sont de grandes compétitions de jeu vidéo), Quicksilver (Quicksilver Pro est une grande compétition de surf), Jordan (avec la Jordan Brand Classic, une compétition de basketball pour les jeunes), Danone pour la Danone Nations Cup (un tournoi de football pour les meilleurs jeunes de 10-12 ans).
4. Asmodee et Trictrac.net.

LES MÉDIAS, 4ᴱ POUVOIR

L'expression « 4e pouvoir » est souvent employée pour désigner les médias et la presse. On pourrait en fait plutôt parler de premier contre-pouvoir aux trois pouvoirs dévolus à l'état (législatif, exécutif et judiciaire) et à celui de l'argent.

I. UN VRAI POUVOIR...

- Le premier « pouvoir » des médias, le plus connu, est celui **d'informer et de révéler une information** jusque-là cachée.
- Le deuxième est, via leurs analyses, celui de pouvoir mobiliser l'opinion publique sur un sujet et de faire évoluer la perception d'une opinion, d'un événement ou d'un fait de société.
- Le troisième pouvoir des médias, élément fondateur de la démocratie, est de proposer des opinions divergentes. Et c'est par la richesse des points de vue que notre société progresse.

II....MAIS DE VRAIES LIMITES

- À l'heure d'Internet et des réseaux sociaux triomphants, cette notion de 4e pouvoir est à la fois toujours plus vraie et extrêmement fragile.

- La multiplication des sources et des moyens de diffusion, associée à **la viralité des informations (vraies ou fausses)** doit rendre celui qui les reçoit attentif à comprendre par qui et pourquoi une information est diffusée.

III. DES LOIS POUR LE DÉFENDRE

- Les médias ont donc, quand ils travaillent sérieusement, un rôle bénéfique, car ils améliorent notre connaissance du monde et font évoluer des situations parfois complexes ou dramatiques. Et c'est pour cela que dans un pays comme la France, les médias et la presse bénéficient de lois qui protègent la possibilité d'exercer leur métier.

WATERGATE

La fameuse affaire du Watergate constitue le symbole parfait du pouvoir que peut avoir un média qui fait courageusement son travail. Au début des années 1970, le président des États-Unis Richard Nixon a fait espionner ses adversaires politiques en prévision de la future élection présidentielle, puis a cherché par tous les moyens à empêcher que cela soit révélé. Après une longue et complexe enquête, des journalistes du Washington Post révèlent le scandale. Cela a obligé le président Nixon à démissionner et les lois à évoluer.

MANIPULATION DE L'INFORMATION

De tout temps, la manipulation de l'information a été une technique très efficace pour manipuler les foules.

I. LA DIFFUSION DES FAUSSES NOUVELLES DANS L'HISTOIRE

- Au VIe siècle av. J.-C., Sun Tzu expliquait déjà, dans son célébrissime ouvrage *L'Art de la guerre*, qu'une des stratégies les plus efficaces pour gagner était de diffuser de fausses nouvelles qui devaient rester le plus crédibles possible pour être crues. Certains propagandistes ne s'embarrassent même pas de crédibilité.

- Pour soutenir le moral des troupes françaises pendant la Première Guerre mondiale, les médias pro-guerre hexagonaux expliquaient ainsi en 1914 que les balles allemandes blessaient mais ne tuaient pas les Français, ou que les soldats allemands coupaient systématiquement les mains des enfants.

II. LA RÉVOLUTION D'INTERNET ET LES FAKE NEWS

- Ce qui a changé, à l'heure de l'Internet-roi et des réseaux sociaux, c'est plutôt **la vitesse à laquelle les fausses informations se répandent**, ainsi que le nombre de personnes qui en créent et qui les diffusent.

- Et ce d'autant plus que des chercheurs du MIT ont montré que les « fake news » circulaient plus vite et auprès de plus de monde que les informations réelles.

- Il est par ailleurs étonnant de constater la crédulité des foules, même éduquées, même aux informations les plus improbables. On a par exemple peine à croire que l'un des plus gros buzz de 2001 a été celui de la création de chatons bonsaïs élevés dans des bouteilles pour décorer (un canular grossier).

COMMENT TROUVER UNE INFORMATION FIABLE SUR INTERNET ?

✓ COMME DISENT LES JOURNALISTES : CROISER SES SOURCES

- Vérifie les informations sur au moins trois sites différents et sérieux. S'ils affirment des éléments plus ou moins identiques, les réponses à ta recherche ont une probabilité forte d'être fiables.

✓ PRIVILÉGIER LES SITES DE RÉFÉRENCE

- Méfie-toi des informations qui proviennent de personnes qui ne sont pas expertes dans leur domaine. Si quelqu'un sur un forum connaît un copain qui connaîtrait un avocat qui... ou si ton youtubeur préféré commence à parler d'un sujet qu'il ne maîtrise pas, attention aux erreurs.

- A contrario, il existe des sites de référence réputés pour leur sérieux. Utilise-les en priorité. On peut penser à des sites d'informations pour les enfants comme franceinfo junior, à des médias comme *Le Monde* ou encore aux sites des institutions officielles (OMS, Insee).

✓ UTILISER WIKIPÉDIA AVEC PRÉCAUTION

- Wikipédia est une source à utiliser avec précaution, en choisissant bien ses sujets et en recoupant avec d'autres sources. Comme n'importe qui peut modifier ou écrire sur Wikipédia, la qualité et l'objectivité sont très inégales. C'est d'autant plus vrai sur les sujets polémiques (maladies, guerres récentes...). Néanmoins, Wikipédia met en place de plus en plus de contrôles pour améliorer la qualité générale.

✓ UTILISER DES SITES SPÉCIALISÉS

- Si tu n'as pas confiance dans la réponse qui t'est fournie pendant tes recherches, des sites comme Decodex ou Hoaxbuster sont spécialisés dans le repérage et la vérification des « fake news » ou des sites non fiables.

✓ PRENDRE GARDE AUX ENJEUX ÉCONOMIQUES

- Si le site où tu trouves ta réponse a un intérêt à te vendre quelque chose, s'il a manifestement un parti pris politique ou joue sur les émotions, il a peu de chance d'être objectif.

✓ BIEN POSER LES QUESTIONS

- Pour trouver une information fiable sur un moteur de recherche, il faut déjà... poser la bonne question. Un moteur de recherche analyse les « mots clés » (ceux que tu as mis dans la barre de recherche) que tu lui as donnés et les compare à ceux qu'il connaît. Il faut donc mettre au maximum des mots précis, éviter d'écrire des phrases complètes...

✓ DEMANDER DE L'AIDE

- N'hésite pas à effectuer les recherches avec des adultes. Ils pourront t'aider à trouver les bons sites et à éviter les pièges.

✓ ÉVITER LE PLAGIAT

- Quand tu trouves une réponse qui te satisfait et que tu veux la réutiliser, ne la recopie pas telle quelle. C'est légalement interdit et, dans le cadre d'un devoir, la personne qui te corrigera verra qu'elle ne vient pas de toi. Mélange avec d'autres sources, utilise tes propres mots... ou cite-la entre guillemets en mentionnant la source.

FAKE NEWS :
10 QUESTIONS POUR LES REPÉRER

Une « fake news » est une fausse information créée et répandue en connaissance de cause dans un but : gagner de l'argent, convaincre d'adhérer à une idée (politique, religieuse, médicale, etc.) ou déstabiliser (un adversaire politique, une entreprise concurrente, etc.).

1. L'information semble-t-elle cohérente avec ce qu'affirment les sources d'informations (journaux, TV, sites Internet, etc.) réputées pour leur sérieux ?

Si elles la contredisent, alors méfiance extrême. Il est de toute façon fondamental d'avoir avoir plusieurs sources sur une information pour éviter de se tromper.

2. Qui est l'auteur ? A-t-il des références (universitaires) et a-t-il créé des contenus sur des sujets identiques ?

Si l'auteur ne signe pas l'information, il a peut-être des choses à cacher.

3. Sur quel site se trouve l'information ?

Le site ou le média d'où vient l'information est important. Certains sont réputés pour leur sérieux. D'autres sont des spécialistes des canulars ou sont peu fiables (blogs ou sites personnels en particulier).

4. L'auteur met-il en avant des faits précis, des dates ou des données que l'on peut vérifier ?

Les sources de ces informations sont-elles indiquées dans l'information, en note ou en description ?

5. L'auteur a-t-il un intérêt à mettre ces informations à disposition du public ?

Si l'auteur de l'information cherche à te vendre quelque chose, milite pour un sujet ou cherche à faire peur, méfiance.

6. Le titre est-il outrageusement racoleur ?

Des points d'exclamation, ainsi que des mots comme « miracle », « scandaleux », « injuste » ou « impressionnant » doivent par exemple éveiller les soupçons.

7. Par qui l'information est-elle transmise ?

Il faut se méfier du bouche-à-oreille. L'information qui arrive sur une messagerie de la part d'un ami qui connaîtrait un médecin qui… est à vérifier. De même, il ne faut jamais transférer une information dont on n'est pas sûr.

8. Est-ce que les détails concordent avec le propos ?

Par exemple, si une image semble bizarre, ne pas hésiter pas à aller sur Google Images pour vérifier qu'elle correspond bien à ce que l'auteur prétend.

9. Comment vérifier si l'information est une « fake news » ?

Il existe des sites, comme Decodex ou Hoaxbusters, spécialisés dans le repérage et la vérification des « fake news » ou des sites non fiables.

10. J'ai un doute, dois-je en parler avec des adultes ?

Oui. Ils peuvent t'aider à décrypter des signes que tu n'aurais pas vus.

APPLICATION

Récemment (fin 2021), une « fake news » a affirmé que le monstre du loch Ness a été filmé par un drone. Tape sur ton moteur de recherche « Monstre du loch Ness + Drone », tu verras apparaître des dizaines d'articles sur le sujet avec une photo et une vidéo.

1. Que remarque-t-on d'étrange concernant la netteté des détails et du monstre ? ....

....

2. Que connaît-on de la personne qui aurait pris ces documents ?

....

....

3. À partir de sites spécialisés dans le décryptage des fausses informations, explique comment l'auteur a créé ses preuves.

....

4. Quel intérêt financier l'auteur peut-il avoir pour créer cette « fake news » ? Plus globalement, pourquoi certains médias ou certains Écossais ont-ils intérêt à continuer à propager ce type de mystification ? ....

....

1. Le monstre n'est clairement pas très visible alors que le reste des détails est précis (la vidéo est en 4K) et que manifestement il y a peu de fond à cet endroit.
2. La personne qui a pris cette photo est un aventurier professionnel/youtubeur. Il n'est en rien scientifique et n'est pas spécialiste des dinosaures par exemple.
3. Ce n'est ni la première, ni la dernière fois que des plaisantins ou des menteurs prétendent avoir filmé ou photographié « le monstre du loch Ness ». Ici, l'image est très floue, assez manifestement retouchée, et la vidéo a deux séquences exactement identiques (au début et à 1 min 44). De plus, le youtubeur a effacé la vidéo originale, donc il est impossible d'avoir la source. Une photo assez semblable et... truquée avait été prise en 1975.
4. La personne qui a pris cette vidéo est un aventurier professionnel qui cherche à promouvoir sa chaîne YouTube avec un reportage spectaculaire. « Le monstre du loch Ness » continue à faire du buzz, donc à attirer des gens, soit sur les contenus sur internet, soit en Écosse.

LES AFFICHES, MOYEN TRÈS EFFICACE DE FAIRE DE LA PROPAGANDE

L'affiche est un outil très prisé par les pouvoirs politiques en place ou leurs adversaires. Avec son aspect graphique et ses phrases chocs, qui rendent le message politique facilement compréhensible, elle marque les esprits. Voici quatre affiches de propagande très célèbres à analyser.

"I WANT YOU FOR U.S. ARMY"

1. Quelle est l'importance aux États-Unis du personnage qui pointe le doigt ? À ton avis, quel est le but recherché par cette affiche créée par l'armée américaine lors de la Première Guerre mondiale ?

....

....

....

"VIVRE LIBRE OU MOURIR"

2. « Vivre libre ou mourir » est une devise de la Révolution française. Trouve les quatre symboles qui existent toujours pour la République française actuelle.

....

....

“LES MAINS ALLIÉES BRISANT LA CROIX GAMMÉE“

3. Cette affiche est parue fin 1944/début 1945. Quels pays soutient-elle ? Quel ennemi vise-t-elle ?

....

....

....

“POING“

5. Cette affiche est parue en mai 68. Que représente ce poing levé ? Effectue une recherche sur Internet.

....

....

....

....

1. Oncle Sam (qui représente les États-Unis, comme Marianne en France) vise personnellement la personne qui lit l'affiche (le texte insiste aussi sur You) afin de recruter des soldats pour l'armée américaine et les envoyer en Europe.
2. Le bonnet phrygien, le drapeau Bleu/Blanc/Rouge, le slogan (« Liberté, Égalité » – termes auxquels a été ajouté celui de « Fraternité ») et la balance (symbole de la justice).
3. Cette affiche réalisée aux États-Unis veut montrer l'unité des Alliés (États-Unis, Royaume-Uni, URSS et France, représentés par leur drapeau) pour détruire le nazisme (représenté par la croix gammée détruite).
4. Le poing levé est un symbole que l'on retrouve souvent lors des grèves ou des révolutions. Il exprime la révolte ou la solidarité.

PROTÉGER LES DONNÉES PERSONNELLES, UN ENJEU IMPORTANT

Sur Internet, le principe est simple : rien n'est jamais oublié (ou presque) et donc quasiment tout ce qu'on fait est stocké et est susceptible d'être utilisé. Un « like » sur les réseaux sociaux, une question sur un moteur de recherche, un déplacement jusque chez une copine avec une application de navigation... Tout est surveillé, traqué, sur Internet, via des petits logiciels, qui peuvent nous suivre partout quand nous sommes connectés.

I. LES DONNÉES PERSONNELLES, QU'EST-CE QUE C'EST ?

- Notre « vie numérique » (lorsque nous utilisons un smartphone, un PC, une tablette ou une console de jeu, bref tous les appareils connectés) **laisse des traces** appelées « données personnelles ».

- Ce sont des informations se rapportant à une personne physique : nom, âge, adresse, goûts en termes musicaux, culinaires ou de jeu vidéo, mais aussi des sujets plus intimes comme d'éventuelles difficultés de santé ou à l'école.

ATTENTION AUX ARNAQUES !

Tout n'est pas rose sur Internet. Par exemple, certaines des applications qui demandent ton mail peuvent scanner tout ce qui arrive dans les boîtes mail. Celles qui demandent d'utiliser la caméra peuvent parfois l'utiliser à notre insu, inspecter nos photos et vidéos, voire, si c'est un pirate, faire des copies de nos écrans pendant que l'on tape un code.

HAMEÇONNAGE

L'hameçonnage (« phishing » en anglais) est une technique très efficace utilisée pour pousser une personne à divulguer des informations (qu'elle sait pourtant confidentielles) à une personne via de faux courriels/sites internet/SMS. Un exemple très simple : tu cherches la dernière paire de sneakers à la mode. Sur ta messagerie ou tes réseaux sociaux, quelqu'un te la propose à prix cassé. Cela te tente. Tu réponds. La personne te demande donc ton numéro de téléphone, ton nom et ton adresse pour te l'envoyer. Puis, prétextant un problème de livraison, elle te demande d'appeler un numéro. Et là, c'est l'engrenage, le numéro est surtaxé (mais tu ne le sais pas), la personne te menace...

II. QUE FONT LES ENTREPRISES DE CES DONNÉES PERSONNELLES ?

- Il y a **beaucoup d'argent** à gagner sur Internet. La majorité des données récupérées sert en effet à créer un « profil numérique » de notre vie et de nos envies.

- La plupart du temps, les profils sont **revendus à des sociétés** qui cherchent à nous vendre des choses susceptibles de nous intéresser ou à comprendre ce que des gens comme nous font.

- Un exemple concret : Un fan de football regarde et « like » un résumé du dernier match de Kylian Mbappé sur son smartphone. La probabilité est très forte que, la prochaine fois qu'il ira sur YouTube, il tombe sur une publicité pour des chaussures de football ou un abonnement à une chaîne de sport.

QUE FAIRE POUR PROTÉGER SES DONNÉES PERSONNELLES ?

✓ RÉPONDRE NON

- Tous les sites ou applications sont tenus de demander s'ils peuvent utiliser tout ou partie des données personnelles. Tu peux donc répondre **NON** systématiquement, quand est proposée l'utilisation des données non strictement nécessaires. Cela rend la démarche un tout petit plus longue la première fois, mais on est protégé.

✓ NE JAMAIS LAISSER D'INFORMATIONS IMPORTANTES SUR LES RÉSEAUX SOCIAUX, LES APPLICATIONS OU LES JEUX VIDÉO

- Les avatars ne doivent donc pas utiliser les prénom, nom et date de naissance, il ne faut pas donner son âge ou son adresse, même dans une discussion…

✓ PARLER À UN ADULTE

- Si tu as un problème, n'essaie pas de le résoudre seul. Tu as très peu de chance d'y arriver. Parles-en à un adulte en qui tu as confiance. Mieux vaut éventuellement se faire gronder que de s'enferrer dans des problèmes insolubles…

✓ REFUSER DE LAISSER UN NUMÉRO DE CARTE BANCAIRE POUR "FACILITER LA DÉMARCHE LA PROCHAINE FOIS"

- Pas de code gardé en mémoire = beaucoup moins de possibilités de se le faire voler.

✓ CHOISIR SES MOTEURS DE RECHERCHE

- Il existe des moteurs de recherche, des marques de téléphone ou des systèmes de messagerie réputés pour ne pas « pister » leurs utilisateurs.

✓ UTILISER LES SOLUTIONS ANTI-PISTAGE, ANTI-PUBLICITÉ ET SURTOUT LES SOLUTIONS DE SÉCURITÉ INTERNET

- Certaines sont gratuites (mais souvent incomplètes ou pas très fiables), les meilleures sont payantes. Il peut être préférable de dépenser quelques euros pour se protéger que de se faire voler toutes ses informations.

✓ ÉVITER DE SE CONNECTER DIRECTEMENT VIA LE COMPTE UTILISÉ POUR LES RÉSEAUX SOCIAUX OU LA MESSAGERIE (FACEBOOK, GOOGLE, ETC.)

- Si tu le fais, tu peux gagner un peu de temps, mais cela permet à ces sociétés de te « pister ».

✓ FAIRE ATTENTION À SES MOTS DE PASSE

- Les mots de passe doivent être complexes à pirater (pas 123456 ou monprenom-monnom-madatedenaissance) et il faut les changer régulièrement. Les pirates sont très intelligents, ne leur facilite pas la tâche !

CYBERHARCÈLEMENT, COMMENT LIMITER LES RISQUES ET COMMENT Y FAIRE FACE ?

Le harcèlement est une violence physique, psychologique ou verbale répétée. Il peut se dérouler physiquement mais aussi commencer ou se poursuivre sur les réseaux sociaux, Internet ou dans le jeu vidéo. On parle alors de cyberharcèlement.

COMMENT LIMITER LES RISQUES DE CYBERHARCÈLEMENT ?

1. Comme dans la vraie vie, ne pas donner sur les réseaux sociaux ou les jeux vidéo des éléments sur sa vie personnelle ni d'informations importantes

Donc, les avatars ne doivent pas utiliser les prénom, nom et date de naissance. Il ne faut pas donner son âge ou son adresse, même dans une discussion.

2. Ne pas transférer de photos avec ses amis ou en vacances

C'est ta vie privée et celle de tes proches. Tu ne le ferais pas avec un inconnu dans la rue. Pas de raison de le faire sur Internet. Les personnes qui prennent contact avec toi ne sont pas toujours ce qu'elles prétendent être et leurs intentions ne sont pas toujours bonnes.

3. Paramétrer les interactions

Sur les réseaux sociaux ou les « chats » des jeux vidéo, choisis bien qui peut s'adresser à toi et qui peut avoir accès à tes données. Paramètre en conséquence les interactions au niveau le plus restrictif. Seuls tes contacts pourront avoir accès à tes photos ou à tes conversations. De plus, décline les invitations à communiquer de gens que tu ne connais pas et les questions anonymes...

4. Ne pas partager des photos ou des vidéos où tu te mets en scène de manière agressive ou suggestive

Cela a de fortes chances de se retourner contre toi et d'être transféré à des personnes mal intentionnées. Ne le fais pas non plus si ce contenu concerne des proches. Chacun a le droit à sa vie privée.

5. Ne pas transférer des contenus (photos, vidéos, insultes, etc.) qui peuvent blesser une personne

Tu ne voudrais pas qu'on te le fasse, ne le fais pas aux autres. Les insultes, les moqueries, les photos compromettantes... se propagent à toute vitesse sur les réseaux sociaux.
Dans la « vraie vie », tu n'insulterais pas quelqu'un pour n'importe quel sujet. Ce n'est pas parce que tu es « caché » derrière un avatar ou dans le flot d'une conversation sur WhatsApp que cela te donne le droit de le faire. La majorité des violences qui se passent dans ou autour d'un collège sont liées à cela.

Le harcèlement commence parfois par des arnaques en ligne. Quelqu'un qui, par exemple, te propose le dernier smartphone à la mode à 50 euros, ça n'existe pas plus dans la vraie vie que sur Internet. **N'achète donc jamais seul** quelque chose sur Internet.

QUE FAIRE EN CAS DE CYBERHARCÈLEMENT ?

✓ SI TU AS UN PROBLÈME, NE PAS ESSAYER DE LE RÉSOUDRE SEUL

- Tu as très, très peu de chance d'y arriver. Parles-en à des amis et surtout à un adulte (parent, professeur, AED) en qui tu as confiance.
- Éloigne-toi d'Internet et des réseaux sociaux le temps que cela se calme. Au moins, à la maison, tu seras dans une bulle protégée.

✓ GARDER DES TRACES DE CE HARCÈLEMENT EN FAISANT DES CAPTURES D'ÉCRAN OU DES ENREGISTREMENTS

- Cela permettra de le faire cesser en accusant le harceleur avec des preuves.

✓ RESTER ATTENTIF À SES AMIS

- Si le harcèlement ne te concerne pas, sois attentif aux changements qui touchent tes amis (repli sur soi, défaitisme, fatigue, baisse rapide des notes, amaigrissement, etc.).
- N'hésite pas à leur demander si tu as un doute.
- Si jamais c'est le cas, il faut prévenir un adulte.

✓ INTERVENIR

- Si tu constates dans la vraie vie des attitudes agressives, provocantes, de racket... Il faut absolument intervenir, pour ne pas laisser la situation s'envenimer. Le mieux est que ce soit un adulte qui le fasse. C'est très, très important. Une personne harcelée peut être traumatisée toute sa vie.

✓ PRÉVENIR LA POLICE

- Si tu es victime d'arnaque en ligne, il faut prévenir la police. Fais-le avec tes parents.

✓ CONTACTER LES NUMÉROS UTILES

- En cas de cyberharcèlement, il est possible de se faire aider.
- On peut par exemple contacter le **3018** par téléphone et l'application **3018**. C'est le numéro national pour les jeunes victimes de violences numériques et leurs parents. Il est en plus partenaire des plateformes (Twitter, Facebook, Instagram, Snapchat, TikTok, Discord, etc.) et de la police.
- De même, le 3020 est spécialisé dans le harcèlement scolaire.
- Sur les réseaux sociaux ou les jeux vidéo, il est facile de dénoncer des propos ou des contenus inappropriés.

QU'EST-CE QU'UN JOURNALISTE ?

Un journaliste est, en résumant, une personne dont le métier est d'informer un public, en rassemblant des informations, en les analysant et en les retranscrivant. Cela peut être sous diverses formes : écrite (journaux papier, sites Internet), audio (radio, podcast...) ou vidéo (TV, YouTube, Twitch...). Le métier de journaliste se réinvente en effet tous les jours, à l'affût des nouvelles technologies.

I. LES CATÉGORIES DE JOURNALISTES

- Il existe de nombreuses sortes de journalistes. **Le rédacteur** est ainsi le journaliste au sens classique du terme et produit des contenus dans divers formats (écrit, audio).
- **Le reporter** a davantage tendance à se déplacer sur les lieux mêmes de faits.
- **Le chroniqueur** propose des analyses personnelles. Le reporter d'image se spécialise sur la vidéo ou la photo.
- **Le critique** (de cinéma, d'art, etc.) présente et juge un produit ou un service.
- **Le data journaliste** compile d'énormes bases de données pour faire des enquêtes ou des infographies.
- **Le secrétaire de rédaction** améliore les articles en les vérifiant et en les corrigeant.
- Il existe beaucoup d'autres catégories de journalistes.

II. QU'EST-CE QUI DIFFÉRENCIE UN JOURNALISTE D'UN CRÉATEUR DE CONTENUS INFORMATIFS ?

- Le journaliste professionnel est en France titulaire d'une carte professionnelle (il y en a 35 000) ; il est protégé par la loi, mais a des obligations que n'ont pas d'autres créateurs de contenus à caractère informatif (youtubeur, écrivain) aussi sérieux soient-ils.

- Pour **assurer l'indépendance du journaliste**, une des grandes différences qui existe avec l'autre catégorie tient en ce qu'il ne « peut accepter pour la rédaction de ses articles d'autres salaires ou avantages que ceux que lui assure l'entreprise de presse à laquelle il collabore ».

- De leur côté, les créateurs de contenus non journalistiques gagnent l'immense majorité de leurs revenus grâce à des partenariats avec des marques ou en vendant leur production (livre, documentaire, etc.).

DOIT-ON FORCÉMENT PASSER PAR UNE ÉCOLE DE JOURNALISME POUR ÊTRE JOURNALISTE ?

Non. 80 % des journalistes en France ne sortent pas d'une des 14 écoles de journalisme reconnues par la profession (selon l'OMP). Néanmoins, avoir été dans une école de journalisme aide de plus en plus à trouver un emploi.

LA JOURNÉE TYPE D'UN JOURNALISTE

9 H

Le journaliste, après avoir jeté un coup d'œil sur la version papier de son article donné la veille, vérifie ce qui est « tombé » comme informations importantes. Et ce, afin de se donner des idées pour de futurs articles.

9 H 15

Il relance des personnes qu'il connaît bien pour un dossier prévu pour la fin de la semaine.

9 H 30

Conférence de rédaction. Les journalistes de la rédaction confrontent leurs idées et définissent une série de sujets qui vont être mis en avant dans le journal du lendemain matin. Le rédacteur en chef arbitre entre les diverses propositions.

10 H

Retour à son bureau. Les idées fourmillent dans sa tête sur le sujet prévu. Il faut se pencher dessus pour les organiser et donner quelques coups de téléphone afin d'avoir des informations complémentaires.

10 H 45-12 H 30

Le journaliste pose les bases de son article tout en ayant eu un contact pour son dossier de fin de semaine. Ça commence à prendre forme.

12 H 45

Patatras. Un évènement important vient de se dérouler à une dizaine de kilomètres. La rédaction se mobilise. Certains vont sur place, d'autres, comme notre journaliste, vont rester à la rédaction pour coordonner les équipes et « alimenter » le site Internet.

13 H 15

Notre journaliste commence à fournir en informations brèves le site Internet du journal, la story et le fil Twitter du journal. Le but : récupérer les informations brutes des journalistes sur le terrain, les vérifier puis les mettre en perspective avec d'autres sources ou d'anciens articles...

15 H 30

La folie retombe. Notre journaliste commence à créer un article pour le journal retraçant les événements importants, tout en continuant son travail digital.

16 H 30

Coup de téléphone. C'est un rendez-vous prévu ce matin pour le dossier de fin de semaine. Plutôt que de repousser l'entretien, le journaliste le réalise. La personne qu'il a au téléphone est en effet quelqu'un de souvent bien informé. Il faut la chouchouter.

17 H

Le rédacteur en chef veut savoir où il en est pour ses deux articles et s'il a bien fourni ses éléments au site Internet. Évidemment, c'est urgent...

19 H

C'est rendu. Petit tour à la maquette pour vérifier que tout est bon en ce qui concerne l'illustration de ses articles.

QUELQUES GRANDES ET GRANDS JOURNALISTES

FLORENCE AUBENAS (NÉE EN 1961)

Journaliste engagée, Florence Aubenas est sur tous les fronts, tant guerriers que sociaux. Elle a couvert les conflits au Rwanda, au Kosovo, en Afghanistan ou en Irak et a aussi enquêté sur les travailleurs précaires en France ou les conditions d'enfermement dans les prisons françaises.

ANNA POLITKOVSKAÏA (1958-2006)

Journaliste et militante des droits de l'Homme, elle a dénoncé les crimes de la guerre en Tchétchénie et les agissements du gouvernement russe. Elle a aussi œuvré pour la démocratie et servi de négociatrice lors de prises d'otages sanglantes en Russie. Elle a été assassinée en 2006.

MARTHA GELLHORN (1908-1998)

Martha Gellhorn a été une globetrotteuse engagée. Ayant enquêté dans plus de 50 pays, elle a été présente aussi bien lors du procès du nazi Eichmann, qu'à Madrid sous les bombes franquistes, lors de la libération du camp de concentration de Dachau qu'au Vietnam pendant les offensives américaines.

JOSEPH KESSEL (1898-1979)

Sa vie est extrêmement riche. Grand reporter dans les situations les plus complexes (en Irlande avec l'IRA, en Israël au moment de sa création), romancier à succès (*L'Équipage*, *L'Armée des ombres*), globetrotteur infatigable, il fut aussi résistant, pilote de guerre, créateur des paroles du Chant des partisans...

ERNEST HEMINGWAY (1899-1961)

Alternant entre romans à succès (*L'Adieu aux armes*, *Le Vieil Homme et la Mer*), engagement militant et reportages de guerre (pendant la guerre d'Espagne, la Seconde Guerre mondiale), Ernest Hemingway est un personnage très romanesque.

ROBERT CAPA (1913-1954)

Il est considéré comme l'un des pères du photojournalisme. On l'a retrouvé littéralement sur tous les fronts : en Espagne pendant la guerre d'Espagne, en Chine en 1937 lors de son invasion par les Japonais, à Omaha Beach le 6 juin 1944 lors du débarquement en Normandie... Il est mort en 1954 en sautant sur une mine juste après le siège de Dien Bien Phu en Indochine.

ALBERT LONDRES (1884-1932)

C'est le prototype du grand reporter d'investigation dont les articles au long cours ont systématiquement eu un impact énorme. Il s'est attaqué au terrible bagne de Cayenne dans *Au bagne* et aux conditions de vie dans les asiles d'aliénés dans *Chez les fous*. Dans *Terre d'ébène*, il s'intéresse à celles des travailleurs africains qui construisent, quasiment en esclavage, des chemins de fer. Il est mort dans des circonstances étranges en 1932 en revenant de Chine d'où il ramenait un reportage explosif.

NELLIE BLY (1864-1922)

Elle n'avait peur de rien. La journaliste américaine a fait le tour du monde en 80 jours en 1886 (quelques années après la parution du roman de Jules Verne). Elle s'est fait passer pour folle pour entrer dans un asile d'aliénées et dénoncer les conditions terribles y régnant...

QUIZ

1. Le journalisme peut être un métier dangereux. Combien de journalistes dans la liste précédente sont morts dans le cadre de leur travail ?

....

....

....

2. Le journalisme est un méfier qui fascine. De nombreux héros et de nombreuses héroïnes de fiction sont journalistes de profession. En effectuant des recherches, rédige de petites biographies sur trois des journalistes de fiction ci-dessous.

Carrie Bradshaw, Citizen Kane, Clark Kent (Superman), Peter Parker (Spiderman), Ric Hochet, Rouletabille, Rita Skeeter (dans Harry Potter), Spirou (et Fantasio), Geronimo Stilton...

Comme exemple, voici la biographie de Tintin.

Tintin est certainement le journaliste francophone le plus connu. Reporter globetrotteur, il arpente pour *Le Petit Vingtième* le monde entier (de la Chine au Pérou en passant par le Congo) en défendant toutes les bonnes causes.

Nom du journaliste : ....

....

....

Nom du journaliste : ....

....

....

Nom du journaliste : ....

....

....

LA LIBERTÉ D'EXPRESSION, UNE RICHESSE IMPORTANTE QU'IL FAUT PROTÉGER

Nous avons la possibilité de (presque) tout dire. C'est parce que nous sommes dans une société démocratique, pour laquelle des gens courageux se sont battus et se battent encore tous les jours.

Dans de nombreux pays du monde, les habitants n'ont pas la liberté de dire ce qu'ils souhaitent. Des gouvernements, des dictateurs, des mafias… ne veulent en effet pas qu'on les contredise ou qu'on révèle leurs agissements.

Et, pourtant, certains le font, souvent à leurs risques et périls. Leur travail s'avère fondamental :

- pour faire évoluer les idées ;
- pour apporter un contrepoint aux discours « préfabriqués » par ceux qui détiennent les pouvoirs politiques (gouvernement, dirigeants) ou économiques (grandes entreprises) ;
- pour contredire les « fake news » de plus en plus nombreuses ;
- pour mettre au jour les méfaits de certaines personnes ;
- ou simplement pour proposer un point de vue diversifié sur tous les sujets.

INFORMER, UN MÉTIER RISQUÉ

Des journalistes effectuent donc un travail d'investigation, de présentation et de contestation. Et pour pouvoir informer, certains y laissent leur liberté (293 journalistes étaient en prison à la fin du mois de décembre 2021, selon le Comité pour la protection des journalistes) ou même leur vie (46 morts en 2021, selon Reporters sans frontières). Et ce, surtout dans les pays autoritaires ou gangrenés par le crime organisé. Dans nos démocraties, les menaces, si elles sont évidemment moindres, existent de manière plus ou moins subtile. Il faut donc rester vigilant et **protéger ce droit d'informer de manière libre**.

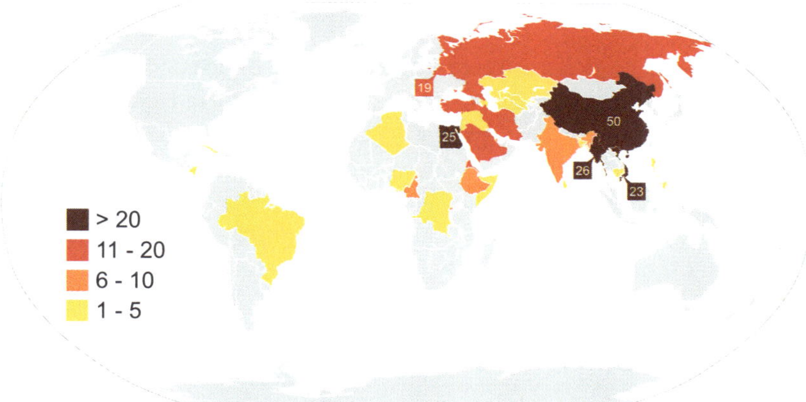

Nombre de journalistes emprisonnés en raison de leur travail dans le monde
Source : Le Comité pour la protection des journalistes (CPJ), recensement de décembre 2021

MORTS POUR AVOIR INFORMÉ

Anna Politkovskaïa, journaliste et militante des droits de l'Homme, a payé de sa vie le fait d'avoir dénoncé les crimes de la guerre en Tchétchénie et les agissements du gouvernement russe. Très régulièrement menacée, elle a été assassinée en 2006. Le procès qui en a découlé a laissé les commanditaires en liberté.

Il n'y a pas que dans les dictatures qu'on tue des journalistes pour les empêcher d'effectuer leur travail. Plus de cent journalistes qui dénonçaient la violence et la corruption ont ainsi été assassinés au Mexique depuis 2000, dont 6 en 2021, surtout dans les zones où sévissent les cartels de la drogue.

PEUT-ON TOUT DIRE ?

LA LIBERTÉ D'EXPRESSION ET SES LIMITES

La France étant une démocratie, on peut exprimer ses opinions, sans que cela puisse nous porter préjudice. C'est l'une des **libertés fondamentales définies par la Déclaration des droits de l'homme et du citoyen**. Cela nous différencie d'une dictature et permet à notre société de progresser.

Néanmoins, il existe des limites à cette liberté d'expression. Il est interdit de raconter des choses fausses sur une personne, de l'insulter, de tenir des propos qui peuvent discriminer (racistes, homophobes) ou d'appeler à la haine et à la violence contre une personne ou une communauté.

Ce qui est valable pour toi est encore plus vrai pour ceux qui informent (journalistes) ou ont un impact médiatique important (stars, personnalités politiques).

Classe les affirmations dans le tableau par niveau de véracité.

AFFIRMATION	INFORMATION VÉRIDIQUE ET VÉRIFIÉE	INFORMATION DIFFAMATOIRE/HAINEUSE/ RACISTE ET INCITATION À LA HAINE OU À LA VIOLENCE	INFORMATION NON VÉRIFIÉE ET RUMEUR	DROIT DE PUBLIER
La Terre tourne autour du Soleil.				
Sur Twitter, j'ai lu que deux tiers des Américains ne savaient pas placer l'Europe sur une carte.				
Julie de la 3e 3 attendrait un enfant de son professeur de guitare.				

AFFIRMATION	INFORMATION VÉRIDIQUE ET VÉRIFIÉE	INFORMATION DIFFAMATOIRE/HAINEUSE/ RACISTE ET INCITATION À LA HAINE OU À LA VIOLENCE	INFORMATION NON VÉRIFIÉE ET RUMEUR	DROIT DE PUBLIER
Le chanteur Soprano a plusieurs enfants.				
Il y a plus de chats que de chiens en France.				
Il y a trop de personnes de couleur en France.				
On m'a dit que la professeure de mathématiques sortait avec le professeur d'histoire.				
Jay-Z est en couple avec Beyoncé.				
Les pyramides d'Égypte ont été construites par des extraterrestres.				
Le château de Versailles a été construit pour Louis XIV.				
Notre-Dame de Paris est un bâtiment situé au centre de Paris.				
Tous les (n'importe quelle religion) sont des voleurs.				
La France a gagné la Coupe du monde de football en 2018.				
Les supporters de (n'importe quel club) sont des imbéciles. Il faut les frapper.				

LA CARICATURE, UN MOYEN EFFICACE DE FAIRE AVANCER DES IDÉES

Grossir certains détails d'un personnage ou d'un dieu pour s'en moquer a toujours été l'un des symboles de la liberté d'expression. La puissance de l'image démultipliée par l'humour rend le message de la caricature, souvent critique, efficace et immédiat.

Une du 1er numéro de juillet 1992, par Cabu dans *Charlie Hebdo* © Collection Gusman / Bridgeman Images

I. LE RÔLE DE LA CARICATURE

- À la fois observateur, artiste et humoriste, le caricaturiste, en faisant rire, en déformant et en ridiculisant, **invite aussi à réfléchir**. La caricature est aussi un des rares moyens pour les « faibles » de faire vaciller les « forts » (gouvernements, personnalités connues, entreprises, etc.).

II. DES CARICATURISTES DE GÉNIE

- C'est au XIXe siècle que la caricature explose. Avec la montée en puissance des journaux et des idées de liberté, la caricature permet, sous le couvert de l'humour, de **critiquer les régimes autoritaires ou les idées conservatrices**.

De plus, des caricaturistes de grand talent élèvent directement la caricature à un très haut niveau. En France, Daumier, Philippon, Gill ou Cham font avec leur verve et leur humour vaciller des gouvernements et évoluer les idées, diffusent des symboles que l'on utilise toujours (comme Marianne). Cela leur vaut une belle renommée (et... plusieurs passages en prison).

Un parricide, planche n° 106 de la série Actualités Honoré Daumier, 16 avril 1850. Source : gallica.bnf.fr / BnF

- Leurs héritiers ont repris le flambeau avec férocité et talent, tant dans des journaux spécialisés, comme *Le Canard enchaîné* ou *Charlie Hebdo*, que dans d'autres médias. En France, Cabu, Sennep, Wolinski, Charb, Plantu, Caran d'Ache, Faizant ou Pétillon ont ainsi marqué leur génération.

- À l'étranger, des artistes comme les Américains Clifford Berryman et Art Spiegelman (créateur de la BD *Maus*), les Anglais James Gillray et David Low, le Tunisien -Z- ou l'Italien Paolo Garretto ont fait le bonheur des amateurs et le malheur des puissants.

UN ACTE DANGEREUX

Caricaturer est loin d'être un acte anodin, tant pour celui qui est caricaturé que pour celui qui caricature. Encore récemment, l'attentat de Charlie Hebdo, l'assassinat du professeur Samuel Paty ou l'emprisonnement en Chine du caricaturiste Jiang Yefei montrent que la caricature est un art aussi efficace que potentiellement dangereux, voire mortel, pour ses créateurs.

QUIZ

1. Donne le nom de cinq caricaturistes français.

....

....

....

2. Quel caricaturiste américain a écrit une bande dessinée célèbre ?

....

3. Crée ta propre caricature à partir du modèle de Daumier pour le roi Louis-Philippe.

- Trouve une photo du personnage sur Internet.
- Choisis parmi les adjectifs suivants – en colère, fatigué, super content, triste, admiratif, effrayé, surpris, mort de rire – pour essayer que le personnage exprime cette expression.
- Déforme (en grossissant, rapetissant, étirant, etc.) une ou deux parties du visage (œil, bouche, menton, nez, front, etc.).
- Ajoute si besoin un accessoire rigolo (corps minuscule ou gigantesque, lunettes, etc.).
- En dessous de la caricature, écris un petit commentaire amusant.

1. Daumier, Philippon, Gill, Cham, Cabu, Sennep, Wolinski, Charb, Plantu, Caran d'Ache, Faizant, Pétillon, etc.

2. Art Spiegelman.

COMMENT RÉDIGER UN ARTICLE FIABLE ?

Un journaliste est, en résumant, une personne dont le métier est d'informer un public, en rassemblant des informations, en les analysant et en les retranscrivant. Cela peut être sous diverses formes : écrite (journaux papier, sites Internet), audio (radio, podcast...) ou vidéo (TV, YouTube, Twitch...). Le métier de journaliste se réinvente en effet tous les jours, à l'affût des nouvelles technologies.

✓ LES 5W ET LES 2H

- Un bon article (et plus globalement un bon texte) doit être structuré et envisager de manière complète son sujet. Les journalistes utilisent donc souvent la technique des 5W et des 2H. Cela veut dire que l'article doit répondre à sept questions utilisant des mots en anglais : cinq commençant W et deux par H. Ces sept questions servent aussi à ne pas « partir dans tous les sens » à l'intérieur de l'article et à orienter ses recherches.
- **What ?** (« **Quoi ?** » en français) : de quoi parle-t-on dans le sujet et comment le présente-t-on ?
- **Why ?** (« **Pourquoi ?** » en français) : pourquoi le sujet traité est-il important et comment le met-on en valeur ?
- **Who ?** (« **Qui ?** » en français) : de qui parle-t-on et qui est concerné ?
- **Where ?** (« **Où ?** » en français) : où se déroule l'événement ? Quelle zone géographique concerne le sujet ?
- **When ?** (« **Quand** ? » en français) : quand l'événement a-t-il eu lieu ?
- **How ?** (« **Comment ?** » en français) : comment l'événement s'est-il déroulé ?
- **How much ?** (« **Combien ?** » en français) : quelles sont les données chiffrées du sujet ?

✓ COMMENT RÉDIGER SON ARTICLE ?

- Une fois ces questions posées, pour faire un article, il faut choisir un bon sujet. Pour commencer ses premiers articles, il est préférable de choisir un sujet ou une problématique que l'on connaît bien (par exemple un style musical, un sport, une marque, etc.). Les journalistes sont d'ailleurs souvent spécialisés dans un domaine.
- Afin d'avoir une documentation suffisante pour préparer son article, il faut chercher l'information et la vérifier en ayant au minimum trois sources différentes qui disent plus ou moins la même chose.
- Une fois cette documentation recueillie, il faut choisir « un angle », c'est-à-dire le message essentiel que l'on veut expliquer dans son article et qui va intéresser le lecteur.
- Pour rédiger son texte, il faut créer une sorte d'histoire qui en constitue le squelette, avec un début (l'introduction), le cœur de l'article avec des éléments cohérents entre eux et une fin (la conclusion).
- N'oublie pas de trouver des images pour illustrer l'article et de mettre un titre.
- Une fois fini, signe ton article. Tu l'as bien mérité et cela te permet de t'identifier comme l'auteur.
- À la fin de l'article, indique où ont été trouvées les informations.

QUIZ

1. Quel est le terme exact qu'utilise un journaliste pour le message essentiel qu'il veut expliquer dans son article ?

2. Sans regarder la page précédente, cite au moins 4 des 5W et 2H.

3. Combien de sources différentes disant plus ou moins la même chose doit-on avoir au minimum pour s'assurer de la véracité d'une information ?

1. Un angle
2. What / Why / Who / Where / When / How / How Much
3. 3

APPLICATION

1. Sauras-tu repérer dans le texte suivant les 5W et les 2H ?

Robert Capa fait partie des rares journalistes à avoir été présent lors d'un des événements les plus marquants de la Seconde Guerre mondiale : le débarquement du 6 juin 1944 en Normandie. Débarqué avec les soldats américains dès les premières heures, il prend une centaine de photos poignantes au cœur des combats. Seule une dizaine de ses photos subsisteront, à cause... d'une erreur d'un manipulateur en Angleterre.

....

....

2. Remplis les trous dans le texte suivant avec les éléments suivants afin de répondre aux 5W et aux 2H.

enquêter sur l'invasion récente du nord du pays par les Japonais et les énormes trafics de drogue dans l'Empire du Milieu • Albert Londres • projet secret • troisième fois • Il y a 80 ans, en 1932, • en Chine • un reportage au contenu explosif

...., le célèbre journaliste .... part faire un reportage .... C'est la .... qu'il va dans ce pays après 1922 et 1925. Pourquoi part-il ? Il aurait un .... : ....

Après son enquête, il reprend un bateau en direction de l'Europe. Celui-ci coule dans des circonstances étranges alors qu'Albert Londres annonce rédiger ....

1. qui : Robert Capa ; quoi : le Débarquement ; quand : le 6 juin 1944 ; où : en Normandie ; pourquoi : faire des photos poignantes au cœur des combats ; comment : avec les soldats américains ; combien : une centaine / une dizaine.
2. Il y a 80 ans, en 1932, le célèbre journaliste Albert Londres part faire un reportage en Chine. C'est la troisième fois qu'il va dans ce pays après 1922 et 1925. Pourquoi part-il ? Il aurait un projet secret : enquêter sur l'invasion récente du nord du pays par les Japonais et les énormes trafics de drogue dans l'Empire du Milieu. Après son enquête, il reprend un bateau en direction de l'Europe. Celui-ci coule dans des circonstances étranges alors qu'Albert Londres annonce rédiger un reportage au contenu explosif.

CRÉER SON PROPRE PODCAST

✓ LE MATÉRIEL POUR RÉALISER UN PODCAST

- Pour capter le son : idéalement, un enregistreur numérique et au moins un micro, mais on peut s'enregistrer avec un smartphone, voire avec un ordinateur doté d'un micro.

- Pour faire du montage : idéalement, un ordinateur, mais c'est possible avec un smartphone ou une tablette.

✓ PRÉPARER SON PODCAST

- S'entraîner, si possible avec une autre personne : l'une jouant l'intervieweur, l'autre l'interviewé.
- Puis s'écouter plusieurs fois et recommencer. On apprend assez vite à avoir le bon débit de voix, le bon ton et à bien positionner le micro.
- Le plus facile est de faire son podcast avec plusieurs personnes qui échangent. Cela apporte plus de dynamisme et une ambiance plus détendue.
- Choisir un sujet sur lequel les personnes qui parlent sont à l'aise.
- Si on interviewe, bien préparer ses questions. Pour aider la personne interviewée, cela peut être utile de lui donner à l'avance les questions.
- Si ce n'est pas une interview, construire son texte et noter les points forts à ne pas oublier.

✓ ENREGISTRER L'INTERVENTION

- Si possible, faire la prise de son dans une pièce calme et avec le micro qui ne bouge pas.
- Bien vérifier que l'instrument qui enregistre a de la batterie et que l'on a… lancé l'enregistrement.
- Ne pas oublier au début de présenter la (ou les) personne(s) qui intervien(nen)t et de faire une petite conclusion à la fin.

✓ APRÈS L'ENREGISTREMENT ET AVANT LA DIFFUSION

- Réécouter attentivement son enregistrement pour vérifier qu'il n'y a pas eu de problèmes « techniques ». Si tout s'est bien passé, passer à l'étape de la diffusion.
- Pour ajouter des éléments (jingle de début ou de fin, par exemple) ou faire du montage (enlever des parties, en rajouter d'autres réenregistrées…), on peut utiliser l'application Atelier France Info Junior (simple, avec de nombreux éléments et outils) ou Audacity (un logiciel libre, relativement simple d'accès).

✓ DIFFUSER SON INTERVENTION

- Une fois ton fichier prêt et mis au bon format audio (MP3 par exemple), tu peux le diffuser. Pour cela, il faut l'« héberger » sur un site que tu connais (celui du collège par exemple) ou sur des plateformes sûres.

LES MÈMES, UN PHÉNOMÈNE ULTRA VIRAL

Les mèmes, tu en as forcément vu, voire diffusé, afin de plaisanter, d'exprimer une opinion de manière décalée ou de montrer l'absurdité d'un comportement.

- En se basant sur un principe assez ancien (un visuel avec un texte humoristique, repris et détourné), les mèmes sont en plus prévus pour être partagés sur les réseaux sociaux en mêlant une image ou une très courte vidéo, avec un texte humoristique. Bien faits, ils font assez vite le tour d'Internet, en étant transférés, réinventés, détournés...

LE PREMIER MÈME

Le premier mème serait le personnage de Kilroy Was Here. Ce petit bonhomme rigolo avec un gros nez, à moitié caché derrière un mur, a d'abord été griffonné à plein d'endroits plus ou moins incongrus au cours de la Seconde Guerre mondiale.

Patrick Tillery, Editor@KilroyWasHere.org

NOUS TE PROPOSONS D'AVOIR LE MÊME SUCCÈS EN CRÉANT TON PROPRE MÈME. LE PRINCIPE EST SIMPLE :

- Prends une image que tu trouveras sur un site spécialisé comme Imgur ou Memeful.
- Inscris en haut de l'image un début de phrase (en majuscule, avec un ton assez neutre), puis en bas de l'image la fin de la phrase (toujours en majuscule, mais avec cette fois un ton décalé).
- Si tu te sens une âme d'artiste, tu peux même rajouter des détails amusants sur l'image.

COLLE TON IMAGE ICI !

LES NOUVEAUX FORMATS DE L'INFORMATION

INFORMATIONS EN BANDES DESSINÉES

Dorénavant, la bande dessinée s'attaque aux sujets d'actualité ou d'information. Cela peut être dans des journaux ou des albums. Ces bandes dessinées mêlent la qualité de l'information, une longueur importante (jusqu'à plusieurs centaines de pages), l'impact des images et un scénario qui rend la lecture plus fluide.

MOOK

Publication périodique à mi-chemin entre un magazine (Le « m » de « mook ») et un livre (« book » en anglais). Sur un très grand nombre de pages (parfois 200 ou 300), le mook étudie à fond un sujet via des enquêtes approfondies, des reportages au long cours, des bandes dessinées, etc.

PODCASTS

Impossible de les présenter tous car il existe 1,5 million de chaînes de podcasts dans le monde (selon Nielsen). Issus du monde de la radio ou totalement indépendants, les podcasts ont révolutionné et fait exploser les informations parlées.

STORY

Inspirée des réseaux sociaux, la story d'information est à la base prévue pour une lecture sur un écran de smartphone, mais se popularise sur les autres supports. Souvent basée sur un sujet précis et en direct, elle utilise des informations brèves, des images, des liens vers d'autres sources ou articles et peut permettre de répondre en direct au lecteur.

TWITCH

Loin d'être l'apanage des fans de jeu vidéo, Twitch est de plus en plus utilisé par des journalistes qui, en direct, présentent des informations et interagissent avec leur communauté en répondant à ses demandes. Le plus connu en France est Samuel Étienne, mais les chaînes Twitch d'information sont de plus en plus nombreuses.

VIDÉO-TEXTES

Les informations en vidéo-textes, popularisées par Brut en France, sont une sorte de reportage TV 2.0 vitaminé. Courtes, avec un texte pour être accessibles avec ou sans son, ces vidéos ultradynamiques permettent de s'informer vite, n'importe où et n'importe quand.

INTERNET

ADRESSE IP

Adresse unique sur Internet qui identifie un appareil (PC, smartphone, etc.) connecté à Internet. Elle sert pour reconnaître celui-ci (comme une carte d'identité) et échanger avec le reste d'Internet (comme une adresse postale).

BANNISSEMENT

Exclusion d'une communauté sur Internet (jeu vidéo, réseaux sociaux, etc.) pour avoir outrepassé les règles de cette communauté (insulte, harcèlement).

CYBERHARCÈLEMENT

Harcèlement d'une personne via Internet.

COOKIE

Petit fichier qui permet à un site web de reconnaître un appareil. Il est souvent associé à un adware, un logiciel espion qui transmet des informations sur l'activité sur Internet d'un utilisateur.

COMMUNITY MANAGER

Animateur d'une communauté sur Internet (pour une marque ou un jeu vidéo par exemple).

DROITS D'AUTEUR

Ils protègent la création (un texte, une vidéo, un son, une image, etc.) d'une personne. On ne peut utiliser sans autorisation une œuvre protégée par des droits d'auteur.

E-COMMERCE (OU COMMERCE ÉLECTRONIQUE)

Activité de vente de produits ou de services sur Internet.

FAKE NEWS

Fausse information créée et répandue en connaissance de cause dans un but : gagner de l'argent, convaincre d'adhérer à une idée (politique, religieuse, médicale, etc.) ou déstabiliser (un adversaire politique, une entreprise concurrente, etc.).

MODÉRATEUR

Dans un groupe de discussion, un forum, il surveille, peut supprimer le contenu des messages échangés et des commentaires, bannir des personnes... afin de faire respecter les règles.

PIRATE

Hacker en anglais. Il cherche à s'introduire dans le système d'un appareil pour modifier le contenu, voler des éléments, etc.

SPAM

Courriel non voulu par la personne qui le reçoit, avec souvent un contenu commercial. Il est souvent diffusé de manière massive (parfois des dizaines de milliers de courriels).

STREAMING

Technique de diffusion et de lecture sur Internet, qui évite le téléchargement et permet une diffusion en direct.

WEBMASTER

Personne qui gère l'aspect technique d'un site.

WORLD WIDE WEB (WWW)

Système mondial qui permet à Internet de fonctionner, en naviguant entre les sites via des liens hypertextes.

CRÉDITS

Couverture

Jeune fille avec téléphone portable © Anna Frank/ iStock
Logos © Flaticon

Intérieur

p. 4 : journal © macrovector/Freepik ; **p. 6 :** message du roi perse Xerxès 1er sous forme d'inscriptions cunéiformes, Ve siècle av. J.-C. Turquie. Photographie © Bjørn Christian Tørrissen/Wikimedia Commons (Creative Commons Attribution - Partage dans les Mêmes Conditions 3.0 [non transposée]) – *L'invention de l'impression*, circa 1590. Gravure anonyme selon un dessin de Stradanus. Photographie © Collection du musée Plantin-Moretus, disponible sur Wikimedia Commons (Creative Commons CC0 don universel au domaine public) – exemplaire de 1633 de la Gazette de Théophraste Renaudot conservé dans la bibliothèque du palais du Luxembourg (Paris). Photographie © Tangopaso/Wikimedia Commons (domaine public, CC0) – livres © Francesco Scatena/ iStock – exemplaire du 17 novembre 1789 du Journal de Paris, numéro 321, collection personnelle. Photographie © DOMART/Wikimedia Commons (domaine public, CC0) – caméra d'époque © jgroup/ iStock – radio semi-portable Radiola, Modèle AR-812, circa 1924. Photographie © Joe Haupt/Wikimedia Commons (Creative Commons Attribution - Partage dans les Mêmes Conditions 2.0 Générique) – télévision d'époque Motorola, Modèle 7VT5RB, circa 1949. Photographie © Joe Haupt/Wikimedia Commons (Creative Commons Attribution - Partage dans les Mêmes Conditions 2.0 Générique) – ordinateur © dp3010/iStock – moteurs de recherche © youngvet/iStock – logo de Wikipedia © Version 1 by Nohat (concept by Paullusmagnus)/Wikimedia Commons (Creative Commons Attribution - Partage dans les Mêmes Conditions 3.0 [non transposée]) – image de podcast © Freepik ; **p. 7 :** personnage donnant des ordres © macrovector/Freepik ; **p. 9 :** personnage manipulé © macrovector/Freepik ; **p. 10 :** silhouettes avec téléphones © smartboy10/iStock ; **p. 11 :** personnages esclaves des médias © macrovector/Freepik ; **p. 16 :** voiture © Sjo/iStock ; p. 17 : youtubers © bsd555/iStock ; **p. 22 :** marionnette © macrovector/Freepik ; **p. 27 :** monstre du loch Ness © undefined undefined/iStock ; **p. 28 :** « I want you for U.S. Army », affiche de recrutement pour l'armée américaine, par James Montgomery Flagg, circa 1917. Photographie © La Bibliothèque du Congrès des États-Unis (domaine public, CC0) – « Unité Indivisibilité de la République Française : Vivre libre ou mourir ». Paris, musée Carnavalet. © Musée Carnavalet / Roger-Viollet – « Les poings des alliés (France, Angleterre, U.R.S.S. et l'U.S.A,) détruisant la croix gammée du nazisme ». Affiche, circa 1945. Photographie © Archives Charmet / Bridgeman Images – « Le poing de la lutte ». Affiche mai 1968. Sérigraphie 45x30 cm. Photographie © Collection Michael Lellouche / Bridgeman Images **p. 45 :** photographie d'une figurine de Tintin, personnage de Moulinsart © BrendanHunter/iStock ; **p. 47 :** stylo enchaîné © Liountmila Korelidou/iStock ; **p. 52 :** « La Poire », caricature représentant une métamorphose du visage du roi Louis-Philippe en poire, par Honoré Daumier d'après le dessin original de Charles Philipon dans *La Caricature*, janvier 1832. Source : gallica.bnf.fr / BnF ; **p. 58 :** micro © vectorjuice/Freepik.

Autres illustrations : © storyset/Freepik

Autres logos : © Flaticon

Éditions rue des écoles – 15 Bd Bourdon, 75004 Paris
Mise en page : Yack-Conception
EAN : 9782820813817
Achevé d'imprimer en France par Dupliprint en août 2022
Dépôt légal : septembre 2022